LE RÉVEIL-MATIN.

PARIS,
Chez CORRÉARD, libraire, Palais-Royal, gal. de bois.

13 avril 1820.

LE RÉVEIL-MATIN.

ARTICLE Iᵉʳ.

Je veux croire que le ministère n'ait pas eu le dessein d'opérer une réaction ; je veux croire qu'on ait mal interprété ses pacifiques intentions, lorsqu'on l'a accusé de méditer le rétablissement des commissions militaires et des cours prévôtales ; j'accorderai, s'il le faut, qu'en se faisant investir d'un pouvoir illimité, il n'a voulu qu'effrayer l'opposition par l'épouvantail des lois exceptionnelles ; je demande maintenant s'il est vrai que la force du gouvernement se soit accrue aux dépens de nos libertés ? et, quant à moi, je n'hésite pas à répondre négativement à la question.

Tout gouvernement qui déclare, d'une manière formelle, qu'il ne saurait administrer par les lois ordinaires, et qui réclame des pouvoirs illimités, manifeste évidemment, ou son incapacité, ou des projets d'usurpation. On ne manquera pas ici de me faire une observation ; on me dira qu'il est des circonstances graves où les lois ordinaires étant insuffisantes, le salut du peuple, qui est la suprême loi, exige que la société remette, entre les mains d'un ou de quelques-uns de ses membres, une autorité absolue et temporaire de sa nature. Je pousserai

plus loin la générosité en faveur des doctrines ministé-
rielles ; j'accorde qu'il peut exister tel cas où la dictature
est utile et nécessaire. Il est reconnu par tous les publi-
cistes, que ces sortes d'exception à la loi commune doi-
vent être extrêmement rares, et que le péril de l'état
doit être réel, imminent, et tellement évident, que la
nation, qui se dépouille de ses droits les plus précieux, ne
puisse pas supposer qu'on en abusera contre elle. Alors
l'action du gouvernement, mue par la volonté d'un seul,
doit être nécessairement plus prompte et plus rapide,
puisqu'elle ne trouve de résistance ni dans les lois, ni
dans l'opinion ; c'est-à-dire , en un mot, que la dictature ne peut être utile que quand le peuple la juge in-
dispensable. J'ai dit que les cas où la loi fondamentale
peut être suspendue sont extrêmement rares. En effet ,
si on renouvellait trop souvent les mesures d'exception,
il serait à craindre que le peuple perdît peu à peu l'amour
de la constitution, par la non jouissance de ses droits,
où que le gouvernement, accoutumé à l'usufruit de
l'arbitraire, ne tentât de prolonger le bail par tous les
moyens de corruption dont il dispose, jusqu'à ce qu'enfin il pût opposer la prescription à ceux qui viendraient
réclamer la possession de leurs droits primitifs. Les leçons
de l'histoire viennent à l'appui de cet axiome politique.
Tant que la robuste constitution de la république romaine fut en vigueur, on recourut rarement à ce remède
toujours dangereux, et ce ne fut jamais que lorsque la
chose publique se trouva grièvement compromise ; encore, dans ces beaux temps de la république, les vertueux
dictateurs se hâtaient-ils de déposer sur l'autel sacré de
la patrie, avant le temps marqué par la loi, la hache
terrible dont ils ne s'étaient servisque pour la défense

de l'état. A mesure que la force des Romains s'accrut au-dehors, et s'affaiblit au-dedans par le relâchement de l'ancienne discipline, la dictature devint plus fréquente, jusqu'au moment où la liberté rendit le dernier soupir, sous la magistrature perpétuelle de l'heureux Sylla, qui, en abdiquant le suprème pouvoir, ne fit que le transmettre à celui qui aurait assez d'ambition et de talent pour y arriver.

Il est donc vrai que lorsqu'on fit un usage trop fréquent du pouvoir suprême, la république romaine fut anéantie. Hélas! à peine, depuis six ans, jouissons-nous des bienfaits d'une constitution, et les lois d'exception n'ont cessé de peser sur nos têtes que pendant une seule année ; et à peine cette année s'est-elle écoulée qu'on s'empresse de nous écraser de nouveau sous leur joug odieux. Tous les amis d'une sage liberté se demandent avec un sentiment d'amertume, quels peuvent être les motifs de cette rigueur inouïe. Si l'ennemi était à nos portes, si l'on avait découvert une vaste conspiration contre le trône, si les conspirateurs avaient en leur pouvoir des soldats, des munitions, des armes, si l'on connaisssait le lieu de leur rassemblement, si les chefs de cette conspiration siégeaient au sénat, on aurait applaudi à l'éloquence de nos *Cicérons modernes* qui, pour motiver leurs demandes extraordinaires, n'ont pu signaler que des *inquiétudes vagues*, inquiétudes qui n'ont acquis de réalité que par le pressentiment sinistre du système qu'ils ont adopté.

Comment donc veut-on que la nation accepte avec reconnaissance des lois dont on a si souvent abusé contre elle? Pour la forcer de s'y soumettre, il fallait lui prouver qu'elles étaient indispensables; et, pour cela, on aurait dû lui indiquer clairement son mal. Si la majorité des chambres a voté des lois arbitraires *avec confiance*, la nation ne les a pas reçues de même ; on ne peut avoir des droits à sa confiance qu'en suivant franchement la ligne constitutionnelle ; vous vous en êtes écartés volontairement et gratuitement, puisque vous n'avez point prouvé la nécessité de vous en écarter; vous êtes donc forcés d'avouer que vous êtes faibles ou que vous voulez devenir usurpateurs.

On dirait en vérité que tous les ministres passés et présens ont pris à tâche de déprécier la charte ; on serait tenté de croire, d'après leur conduite, que la charte ressemble à ces systèmes qui séduisent dans la théorie, et qui sont toujours impossibles dans la pratique. A les entendre on ne peut pas la mettre en action sans le secours de l'arbitraire. Les ministres ne font pas précisément cette confession publique, mais elle résulte clairement de leur actes. Heureusement l'opinion n'hésite point entre la charte et le ministère ; elle aime mieux croire à l'incapacité des gouvernans , qu'à l'insuffisance du pacte auguste qui lie irrévocablement la nation et le trône.

Le peuple, a dit un publiciste célèbre, a un instinct admirable pour démêler ce qui favorise ses intérêts d'avec ce qui leur est contraire. L'animadversion qui éclate en ce moment dans toute l'étendue du royaume contre les lois d'exception , est une nouvelle preuve de ce que je viens d'avancer. A travers le langage doucereux des ministres qui le flattent pour l'apprivoiser au despotisme, le peuple devine les projets d'une faction qui est son ennemie naturelle, d'une faction qui l'a accoutumé à se tenir sans cesse sur ses gardes.

Les oligarques se trahissent eux-mêmes par une joie indiscrette ; ils espèrent enfin abattre sous leurs coups redoublés cette loi d'élection qui les a *décimés,* pour me servir de leur expression, et les Français, guidés par un jugement sain, mesurent leur attachement à la haine qu'ils ont pour elle. Ils voient clairement, malgré les protestations des ministres, que les deux lois adoptées ne sont qu'un levier destiné à ébranler notre système électoral. Ils prévoient d'avance le résultat de cette abrogation ; il voient l'aristocratie non contente d'occuper la chambre haute envahir la chambre des représentans et ils en concluent avec raison que le ministère d'accord avec l'oligarchie, veut usurper les droits de la nation consacrés par la charte, pour fonder un gouvernement qui rendrait illusoire la charte et les conséquences qui en dérivent.

Mais si le peuple connaît vos intentions, il connaît aussi sa force, il ne redoute pas plus vos lois d'exception qu'il ne les respecte. Les lois injustes sont toujours éludées. Les lois ne sont fortes que lorsqu'elles sont environnées du respect des citoyens. Un gouvernement qui cherche à s'étayer sur d'autres bases que sur la majorité des intérêts et des opinions, doit s'écrouler au moindre choc. Il est donc vrai de dire que la suspension de nos droits constitutionnels, au lieu d'accroître la force du pouvoir n'aura fait que l'affaiblir, et que le ministère ne recueillera d'autre fruit de ces lois odieuses que la honte et le regret de les avoir proposées.

ARTICLE II.

« Une religion positive n'est pas une opinion, mais un fait, un droit acquis aux citoyens qui la professent, et par conséquent hors de toute discussion. »

« Dans un gouvernement monarchique , la royauté n'est plus un objet de discussion, mais un fait hors de discussion. »

Tels sont, je ne dis pas les *principes* (car les principes se démontrent et impliquent, lorsqu'ils sont acceptés un exercice quelconque de la raison), mais les *dogmes*, dont les ministres prétendent faire la base de leur administration. « Ces maximes, dit le *Moniteur*, paraissent de nature à simplifier beaucoup le travail de la censure. » Je partage cette opinion; mais je crois que lorsqu'on s'est une fois emparé de l'arbitraire , il est non-seulement inutile , mais de plus insultant , de paraître lui fixer des règles , des limites. Les censeurs, les procureurs du Roi, les jurés, tous subordonnés du pouvoir savent à merveille que, sous les mots de *religion positive* et de *royauté*, le pouvoir entend les intérêts personnels et fort matériels de ses agens. Ainsi , quand nous nous plaindrons des petites vexations d'un maire de village ou de la tyrannie d'un premier ministre, il ne sera pas difficile de prouver que nous portons atteinte à la dignité du trône , ou que nous manquons à la royauté ; quand nous nous éleverons contre l'intolérance ou les pratiques dangereuses pour les mœurs de certaines corporations religieuses , quand nous prétendrons que leur existence même est en contradiction avec nos lois , on démontrera clairement que nous avons voulu attaquer la religion positive, la propriété des citoyens.

Il en sera de même lorsque nous élevant à des généralités ou à des spéculations, nous établirons que la centralisation du pouvoir est fatale à la liberté, et que le régime municipal , ou le système fédératif, c'est-à-dire l'esprit d'association livré à lui-même, est une des plus solides garanties des droits des citoyens : de même encore si nous prétendons que le gouvernement ne doit jamais intervenir dans les matières religieuses, et que c'est *fausser la nature des choses* que de vouloir établir violemment des rapports entre une croyance qui est un être moral, et le pouvoir des bayonnettes qui est un objet matériel : dans le premier cas, on nous accusera de préconiser la république, pour avilir la monarchie : dans. le second cas, on nous imputera l'intention de chercher à *désarmer* la religion, pour lui enlever nos respects et nous conduire à l'athéïsme par l'indifférence.

Il deviendra donc tout-à-fait impossible d'écrire sur le gouvernement et l'administration, dès que les hommes de l'administration se croiront assez forts pour pouvoir mépriser l'opinion et faire condamner impitoyablement, sous le nom de doctrines pernicieuses, d'insultes à la majesté du trône, de provocations à la révolte, d'attentats à la morale religieuse, peu importe, les utopies qui contrarieront leurs plans, et surtout les réclamations qui dévoileront les abus dont ils profitent. Aussitôt que l'on se croit assez puissant pour *créer* des délits, pour imposer à des actes innocens ou même louables le caractère de la criminalité, il est fort inutile de créer aussi pour ces prétendus délits une grande variété de noms. Pour simplifier leur code pénal, nos ministres qui ont entre leurs mains le pouvoir terrible et illimité de l'interprétation, pourraient classer sous un seul chef, sous une seule dénomination, le manque de respect au roi, par exemple, tous les actes qui leur déplaisent. Ce perfectionnement, cette ingénieuse fiction faciliteraient singulièrement le *travail de la censure* et celui du jury qui est aussi

comme une espèce de censure. Le but des ministres serait atteint, car les citoyens cesseraient de réclamer avec
leur plume ; mais ne serait-il pas à craindre qu'ils ne recla-
massent autrement ?

ARTICLE III.

Huit jours sont à peine écoulés, et déjà la pauvre loi de
censure menace ruine de toutes parts.. Eludée par les
journalistes qui impriment à part ce qu'elle supprime
dans les journaux, rendue absolument illusoire par la
multiplicité de pamphlets qui remplacent à-peu-près les
ouvrages quotidiens, attaquée par tous les moyens dont
la loi n'a pas interdit l'usage, elle menace d'entraîner
dans sa chûte les *douze hommes de lettres* qui s'étaient
chargés et flattés de la faire vivre long-temps. Ce serait
dommage en vérité que ces Messieurs se fussent aussi
courageusement exposés pour ne jouir de leurs traitemens
que pendant quelques jours. Mais qu'ils se rassurent ;
quelque inutiles que puissent être leurs services, quelque
illusoires que devienne la loi, le ministère ne peut en cons-
cience reculer dans sa marche, et bon gré malgré, qu'elle
serve ou non ses projets, le décorum ministériel veut que
la censure soit conservée. Mais les premiers effets de cette
agitation si conforme à la lettre et à l'esprit de la charte,
ont été de faire déposer les armes aux principaux écrivains
monarchiques. Les uns l'ont fait par un sentiment de
pudeur et de dignité, les autres parce qu'ils ont pensé
que, les écrivains libéraux étant réduits au silence, leurs
travaux devenaient inutiles. Ils ont vu la *Minerve,* les
lettres Normandes, la *Bibliothèque historique,* qui ré-
nonçaient à paraître, et, comme pour ceux dont toutes

les doctrines se réduisent à la force, il vaut mieux se taire que parler quand on a la force en main, ils ont jugé à propos de se retirer. Mais leur attente a été trompée: des *Lettres sur l'état de la France* et des *Documens historiques* sont venus remplacer momentanément la *Minerve* et la *Bibliothèque*, et nous pouvons espérer que, dans quelques jours d'autres ouvrages à-peu-près semblables coutinueront à rendre les mêmes services à la cause de la liberté.

Les écrivains monarchiques ont donc mal calculé, sous ce rapport, et le premier service que leur a rendu la censnre a été de les tromper.

Il est vrai que, dans les journaux quotidiens, elle s'exerce avec cette partialité tout à fait monarchique, solennellement promise par M. Pasquier; promesse formelle sans laquelle il n'aurait rien obtenu, et malgré laquelle plusieurs de ceux à qui elle s'adresse, se sont obstinés à tout refuser, tant M. Pasquier inspire de confiance. Quoi qu'il en soit, pour des raisons que je développerai plus tard, M. Pasquier a tenu parole. Le *Drapeau blanc*, la *Quotidienne* et consorts, continuent à se trouver bien de la loi de confiance; on n'en abuse point à leur égard, et on leur permet d'en abuser contre les autres. Tous ceux qui ont réclamé contre les lois d'exception, tous ceux qui sont connus par leur dévouement à nos libertés, sont traités impitoyablement d'anarchistes, de révolutionnaires, de démagogues, d'hommes pervers et de conspirateurs; on réclame contre eux l'application des dispositions du Code pénal, et l'on finit par déclarer que jamais on ne viendra à bout de leur insolente audace, si tous les pouvoirs ne sont remis entre les mains des honnêtes gens, c'est-à-dire, tout simplement, qu'il faut en revenir au doux et honnête régime de 1815. Le ministre laisse dire cela, donc le ministère le trouve bon, donc il veut aussi recommencer 1815. Ses journaux eux-mêmes entrent courageusement dans la lice contre des hommes auxquels il est défendu de répondre ; et, ce matin, le *Journal de Paris*, répète, contre les écrivains et les députés qui ne partagent pas les opinions de ses maîtres, les imputations banales, mais admises, de Bonapartisme, de conspiration contre la royauté, et de rebellion à la loi. A côté de cela, les journaux libéraux sont réduits au silence ; leurs pages ne sont plus remplies que des discours prononcés à la chambre et de nouvelles insignifiantes. Et c'est ce moment que le *Moniteur* choisit pour nous donner de longs articles sur l'esprit des journaux ; ce n'était pas assez que la censure les réduisît à la nullité la plus complète, il fallait encore que le *Moniteur* vint se moquer d'eux et de nous.

M. Kératry est insulté sans ménagement dans les journaux ultras ; il veut faire insérer sa réponse dans le *Courrier*, et la censure la rejette. On nous avait cependant promis le contraire ; mais il est vrai qu'on ne l'avait pas promis aux hommes monarchiques. Les pauvres journaux libéraux ont tous suppléé au silence qu'on leur imposait, en remplissant de points l'intervalle que devaient occuper les articles supprimés : et voilà qu'un ordre exprès arrive, portant défense de laisser des espaces en blanc. Tout ridicule qu'il est, cet ordre est la conséquence nécessaire des doctrines de la censure. Lorsqu'on se charge de penser pour les autres, de découvrir tout ce qu'il peut y avoir d'alarmant et de séditieux dans les écrits des autres, il n'est pas de limites où

l'on puisse s'arrêter ; et nous en sommes, grâce à la censure, au point qu'un journal, dont les quatre pages
arriveraient en blanc, ferait dresser les cheveux sur la
tête des lecteurs, et destituer les censeurs.

ARTICLE IV.

Panem et circenses ! Voilà la devise de tous les peu-
ples esclaves ; misérables troupeaux dont le maître ra-
fraîchit avec soin la litière, et dont ensuite il vend ou
consomme la laine et la chair. Chez ces malheureux qui
ne forment pas de nation, parce qu'ils ne s'appartiennent
pas, tous les arts qui peuvent efféminer les mœurs et
dégrader les âmes, en les absorbant dans des plaisirs qui
éloignent d'elles les pensées hautes et généreuses ; toutes
les habitudes crapuleuses qui étourdissent les sujets sur
leurs misères , et les assouplissent en les avilissant ; toutes
les occupations frivoles , toutes les maximes qui invitent
à oublier le passé, à fermer les yeux sur l'avenir, à s'en-
sevelir dans le présent, à *noyer ses soucis dans les pots ,*
sont cultivées avec zèle, préconisées avec privilége, et
récompensées avec luxe. C'es là le beau temps des *chan-*
sonniers , et de la *gaie science ,* comme dit le *Journal*
de Paris. Quand on entend ces *joyeux enfans de la*
bouteille , ces *aimables fainéans* nous inviter à par-
tager leurs joies insensées , et à rire avec eux de l'avi-
lissement commun, on se figure ces oiseaux captifs qui
chantent dans leur cage pour y attirer des compagnons.

Mais l'humanité, momentanément courbée sous un
joug aussi honteux, se relève fière et terrible avec le
sentiment de sa dignité. La littérature et les arts, un
moment prostitués au despotisme, reprennent, avec

leur indépendance, leur haute destination. Ils ne caressent plus les vices à la mode; ils ne vantent plus les douceurs de l'esclavage; ils n'élèvent plus les bienfaits de la tyrannie : mais ils échauffent les cœurs; ils exaltent les ames; ils apprennent à mépriser les jouissances qui ne s'obtiennent que par des bassesses; ils habituent les hommes à s'endurcir contre leurs penchans, pour résister aux séductions du pouvoir; ils ramènent sans cesse les esprits à l'amour de la patrie, à l'enthousiasme de la liberté.

Cette révolution, dans l'emploi des lettres, s'est opérée chez nous d'une manière fort remarquable, depuis que nous avons recouvré le sentiment de notre existence politique. Les vieux enfans du sérail voient avec douleur les questions d'intérêt public se glisser dans tous les ouvrages d'esprit : la politique envahit les comédies, les contes, les fables, les chansons : le sentiment de l'indépendance anime toutes les productions littéraires qui ne sont pas commandées à l'hôtel de la police, et manifeste hautement la pensée dominante du pays et du temps, malgré les faibles entraves qu'un étroit génie prétendrait lui imposer.

Voici, à l'appui de mes observations, les trois premières strophes d'une ode adressée aux ministres de 1820. Le reste de la pièce porte le même caractère.

Ministres ombrageux, dont la main insensée
 Du génie étouffe la voix,
Vous vous flattez en vain d'asservir la pensée :
 Elle échappe à vos lois.

L'Océan, qu'un mortel, en sa folle vengeance,
  Fit charger de fers et de coups,
Jadis du roi des rois méprisa l'insolence
  Et l'impuissant courroux.

C'est ainsi que, bravant la verge menaçante
  Des obscurs Xercès de nos jours,
La pensée, au mépris de leur haine impuissante,
  Reste libre en son cours.

———

Dimanche dernier, *à huit heures du soir,* quatre familiers de la police ont fait une descente dans le domicile de M. Chevalier ancien rédacteur de la *Bibliothèque historique.* Le choix du jour, celui de l'heure, ayant fait supposer que ces agens pourraient bien n'être que des voleurs déguisés, M. Chevalier a cru devoir appeler la garde à son secours. Mais, vérification faite, il s'est trouvé que ces messieurs étaient des espions de bon aloi. O doux fruits de l'arbitraire !

P. S. On annonce maintenant que les *lettres sur la situation de la France* n'ont pas été *saisies* mais arrêtées à la poste par ordre de M. le procureur du roi. Il faut espérer que si ce fait est avéré, l'honorable éditeur de cette brochure, vieillard respectable, qui conserve, dans un âge avancé, l'ardent patriotisme de ses jeunes ans, défendra vigoureusement la propriété littéraire, attaquée par une aussi étrange procédure, et fera établir, par les tribunaux, un précédent qui affranchira définitivement la circulation des écrits, des entraves administratives que la poste lui a si souvent opposées.

Imprimerie de P.-F. DUPONT , hôtel des Fermes.